익명의 발신인

프루스트 미발표 단편선

마르셀 프루스트						익명의 발신인
최미경 옮김

므앟

"'나'라고 쓰지 않는 한, 무슨 말이든 할 수 있다."

— 프루스트가 앙드레 지드에게 보낸 편지에서

추천의 글

소설가 함정임

미발표 원고보다 더 매혹적인 것이 있을까.

그 누구도 아닌 프루스트의 것이라면.

프루스트라는 이름은 마법 같아서

떠올리는 순간,

굳게 닫혀 있던 문이 스르르 열리는

신비로운 암호이고

기호이다.

설렘, 기다림, 고통, 기대, 망설임, 황홀, 질투, 절망, 환멸, 슬픔, 기억, 환상, 진실,

그리고 사랑.

프루스트의 세계는 우리가

찾고자 하는 모든 것,

우리가 닿고자 하는

모든 것이다.

작가는 하나의 작품을 완성하기 위해

생生을 건다. 완성은 끝인가?

시작인가?

생의 출발점, 아니 글쓰기의 출발점에 어른거리는 것들이 있다.

'나'가 있고, '너/당신'이 있고, '그/그녀'가 있다.

그리고 그 모든 것에 어머니가 있고,

유년의 침대와 계단과 뜰과 푸른 문에 매달린 종이 있고,

두 갈래 길이 있고, 생목 울타리와 산사나무와 야생의 꽃들이 있고,

마들렌이라는 향기로운 과자의 이름이 있고,

먼 곳에 대한 그리움과 여행의 추억이 있고,

무수한 익명들과 은밀한 시선들과 편지들이 있다.

프루스트의 미발표 단편들로 이루어진 이 책은

프루스트 글쓰기의 출발점에 어른거리는

인상impression들의 파편적인 채록이자

훗날 방대한 세계로 불어나는 프루스트 소설의

첫 비밀 열쇠이다.

작가의 생은 미지의 발굴터와 같다.

이 책은 어둠 속에 묻혀 있던 청동 거울을 꺼내

조심조심 들여다보는 떨림과 희열을 안겨준다.

제목을 구성하는 어휘와 분위기, 첫 문장,

이어지는 문장과 단락, 말없음표로 끝나는 마지막 문장까지,

'익명의 발신인'을 향해 단 한순간도 눈을 뗄 수 없는,

절대적이고 독점적인 몰입을 경험한다.

누구든,

지금 이 순간,

프루스트의 문지방을 넘는 일은 매혹,

그 자체이다.

마르셀 프루스트가 발표하지 않았고, 프랑스에서도 오랫동안 묻혀 있던 그의 단편들이다. 프루스트가 생전에 출판한 자신의 첫 작품집 『쾌락과 나날Les Plaisirs et les Jours』과 같은 시기, 작품 선상에 위치한 이 단편들은 작가 사후 세기가 바뀌고 비로소 빛을 보게 되었다. 특히 『잃어버린 시간을 찾아서』의 가장 최초의 본으로 알려진 자투리 원고 중에서 프루스트의 대표적 주제인 '마르셀이 밤에 어머니와 헤어지는 장면', '따뜻한 차와 빵을 함께 먹는 장면'을 스케치하고 있다고 평가받는 「브르타뉴에 전설이 하나 있는데…」「아마도 오래전부터 어머니를 전처럼 사랑하지 않은 게 아닐지…」 등 세 편을 선정하여 국내에 처음으로 소개한다. ─ 편집자

차례

추천의 글 소설가 함정임 7

브르타뉴에 전설이 하나 있는데… 13
아마도 오래전부터 어머니를
          전처럼 사랑하지 않은 게 아닐지… 15
매번 내가 그런 상황에 놓이게 되면… 23

폴린 드 S. 27
익명의 발신인 31
어떤 대위의 추억 45
이방인 자크 르펠드 51
지옥에서 57
베토벤의 8번 교향곡을 들은 후에 67
그를 사랑한다는 의식 70
요정들의 선물 74
"그는 이렇게 사랑을 했었다…" 82

옮긴이의 말 85
편집 후기 88

브르타뉴에 전설이 하나 있는데…

브르타뉴 지방 어느 전설에 따르면 사람이 죽으면 영혼이 자신의 개나 그 사람이 살던 집의 문턱, 팔찌 등으로 들어가, 과거의 삶에서 만난 적이 있는 사람을 마주치게 될 때까지 거기에 한없이 머문다고 한다. 예전에 만난 적이 있는 사람이 지나가면 즉시 다시 예전 모습을 되찾는다고 한다. 사후에 관한 모든 믿음들 중에서 그래도 내가 보기에 그나마 좀 믿음이 간다.

내가 읽은 브르타뉴 지역의 많은 전설 중에서 사람이 죽으면 그가 일상에서 사용한 물건으로 영혼이 옮겨가고 과거에 알았던 사람들을 만날 때까지 갇혀 있다가 거기에서 해방이 된다는 이야기가 있는데, 사후에 관한 많은 믿음 중 믿기에 가장 힘이 덜 드는 것으로 여겨진다.

왜냐하면, 내가 삶에서 만난 많은 중요한 사물들 중에서 많은 것이 죽었고 적어도 죽었다고 믿었는데 사실은 작은 사물 속으로 들어간 거고 나를 만나지 않았다면 거기에서 죽은 채 머물고 있다는 것이었다. 지적인 노력을 동원해서 과거를 환기해보려 했는데 도달하지 못한 바였다. 그래서 나는 내 과거의 중요한 부분이 죽었다고 생각했다. 여름철을 보낸 정원, 그 시절 내가 가졌던 많은 고민, 그때의 하늘, 내 가족들의 삶이, 굳어진 빵을 적신 뜨거운 작은 찻잔에 담겨 있다고 어떻게 내가 알았겠는가. 내가 뜨거운 차를 마시지 않았다면, (사실 내게 뜨거운 차를 마시는 습관이 없었기 때문에) 얼마든지 그럴 수 있었고, 그렇다면, 그해 그 정원에서 했던 고민을 난 다시 되살려보지는 못했을 것이다. 그런데 며칠 전, 아주 추운 어느 날, 몸이 꽁꽁 얼어 들어온 나는….

아마도 오래전부터 어머니를
전처럼 사랑하지 않은 게 아닐지…

 아마도 오래전부터 어머니를 더 이상 어린 시절만큼 사랑하지 않았던 것 같다. 그렇지 않다면 어머니가 세상을 떠나고 어떻게 내가 이렇게 살아남을 수 있겠는가. 오퇴유에서 보낸 여름날 저녁 식사 뒤 가족들이 정원으로 나와 앉게 되면 나는 자러 가야 하는 시간이었다. 어머니를 두고 자러 가야 한다는 생각에, 종종 저녁 5시부터 줄곧 사로잡혀 기운이 빠지고, 이 끔찍한 순간에 대해서만 생각을 했고, 저녁 식사가 끝나갈 때가 되면, "오귀스트, 정원에 커피를 준비해주세요"라고 하인에게 말하는 소리가 들리고, 이제 십오 분의 시간만 남아 있으므로, 그 순간부터 내 눈은 어머니를 떠나지 않았고 또 울게 되지나 않을까 긴장하면서 누군가 내게 말을 걸면, 마치 사형선고를 받은 사람이 다른 사람들이 관심을 가지고 있는 소소한 사건에 대해 이야기하듯이 간신히 답을 하곤 했다. 모두 정원으로 나가면, 항상 신중하고 나이가 드신 작은할아버지는 베란다 아래쪽에 계셨고, 어떤 때는 살롱에 계속 남아서 가족들과 함께 있기를 바랐는데 아델 할머니는 오히려 자연과 위생을 중요시했기 때문에 춥거나 비가 내려 다른 가족들이 실내에 있을 때도 버드나무 의자를 정원 잔디 쪽으로 가까이 놓고, 빗방울이 자두색 드레스에 떨어져도, 앞머리가 날려 갈라지면서 이마가 바람에 노출되게 앉아 있었다. "아델, 너무 더워서 그래? 날씨가 정말 좋네"라고 아델이 항상 유별난 사람이라고 생각하는 작은할아버지가 소리를 지르곤 했다. 그러면 아델 할머니는 가끔 상당히 떨어진 곳에서 작은할아버지 쪽으로 (왜냐하면 작은할아버지가 그 집의 주인이었고 우리는 손님이었기 때문에) 할아버지 댁의 정원사가 정원을 가꾸는 방식에 대해 은근하면서 경멸이 섞인 비난을 하곤 했다. 화단 가장자리가 너무 일직선이라는 둥, 꽃이 뻣뻣하고 덤불은 부자연스럽다는 둥 평을 했다. 자부심이 강한 작은할아버지는 그 소리에 화를 내곤 했다. 자연을 사랑하는 할머니에게, 정원은 자연에 가까워야 하는데 그것은 우리가 피아노 연주를 할 때 건조하게 내려치지 않으며, 지나치게 가공된 요리를 피하고, 큰 슬픔이 있는 사람에게 이를테면, 당신 아들의 장례식에 가지 못한 것은 그 전날 내가 이가 너무 아파서 치과에 가느라 그랬다는 등의 개인적인 이야기를 적어 보내지 않는다는 원칙과 같은 것이었다. 여행을 가는 것도 지적인 방식으로 해야 했다. 우리가 바닷가의 휴양지를 떠나 파리의 집으로 돌아올 때는 여정에 꼭 두세 가지 흥미 있는 볼거리를 준비해서, 새벽 5시에 자동차로 출발, 사적 탑 두 개와 유서 깊은 별장 빌라를 둘러보고, 낮 12시에나 기차를 타야 한다는 것이었다. 그러나 실상, 낮 12시가 되었을 때 우리는 역에서 멀리 있었고, 탑이나 빌라를 보지도 못했고, 마차꾼과 티격태격하다가 값을 치르고 결국은 파리에 하루 늦게 도착할 거라는 전보를 보내야 했다. 이 소풍은 꼭 마지막 날에 예정되었는데 왜냐하면 우리가 바닷가에 있었고 해수욕 철인 만큼 바닷가에서 최대한 시간을 보내기 위해 집에서 새벽에 나와 (해변가의 바람 속에서) 모래와 자갈 위로 삽과 책 한 권, 접이의자를 놓고 할머니와 같이 내려갔다가 다시 돌아오는 것이었다. 파도에서 십 미터 떨어진 곳에 앉아 있기만 하는 것은 할머니에게는 '딱한' 일이었다. 점심때는 다시 집으로 돌아와서 (가볍게 가능한 그 지역의 음식으로) 식사를 하고 곧장 바닷가로 돌아갔다. 바람이 더 잘 통하게 하려고 양말을 신지 않았고 우리의 몸이 가능한 최대한 기운을 북돋워주는 바닷물과 닿을 수 있게, 가장 최소한의 해수욕 복장을 우리에게 입혔기 때문에 여러 번 복장 단속에 걸릴 뻔했다. 할머니가 카지노나 도박장을 어떻게 생각하는지는 굳이 말할 필요가 없을 것이다. 할머니의 고매한 정신은 바보짓이나 인공적인 쾌락에 대해 혐오감을 가지고 있었다. 할머니는 또 포용력이 있는 분이어서, 재능 있고 아름다운 감성을 표현하는 것이라면 소녀가 읽기에 불편한 작품이라고 해도 독서를 허락하셨다. 그러나 어머니가 만약 사교계 소식을 읽거나 경박한 것들에 관심을 가졌다면 할머니는 절망하셨을 것이다. 할머니는 '스푼cuiller'이라는 단어를 발음할 때에 i를 빼고 'cullière'라고 읽으면서 그렇게 하는 게 발음이 더 좋다며 어머니에게 이렇게 말했다. "얘야, 세 번째 문자 i를 넣은 스푼 발음은 너무 흉해서 나는 절대로 그렇게 못하겠다." 다정다감한 어머니는 할머니가 돌아가시고 우리 모두 할머니가 하시던 식으로 스푼을 발음하는 게 더 자연스럽다고 생각하는 것을 나는 느꼈다. 자신의 어머니와 같은 방식으로 발음하는 것이 더 정감이 있다고 느끼시는 듯했다. 어머니는 단지 부자연스럽게 들릴까 봐 발음을 할 때는 인용하듯 한없는 존경심, 애정, 슬픔과 주의를 하셨는데, 마치 장례식에서 묘혈에 흙 한 삽을 자신이 덮게 되었을 때 이미 땅에 묻힌 분들과 앞으로 그분들을 따라가게 될 사람들에 대해 생각하는 것과 같은 자세였다. 할머니가 돌아가시고 어머니가 할머니에 대해 이야기할 때면 무한한 존경심, 깊은 고통, 추억에 대한 열렬한 애정으로 인해 말을 머뭇거리지 않은 적이 없었다. 할머니는, 그렇게 정말 구두쇠인 증조할머니의 딸이었지만 아주 후덕한 분이었다. 증조할머니의 노년기에 증조할머니가 정치인 크레미외 씨와 친척 관계라서 (증조할머니의 동생이 그의 부인이었다) 대통령과 정치적인 교분 덕분에 옴니버스를 무임승차할 수 있다고 설득을 해야만 하는 정도였다. 사실은 우리가 슬쩍 뒤에서 지불해왔는데 만약 증조할머니의 자리를 위해 6수(옛 화폐 단위 ―옮긴이)를 낸 걸 증조할머니가 아셨다면 대노하셨을 것이었다. 내가 알기로 증조할머니는 아주 성격이 좋지 않았는데 그래서인지 딸인 할머니는 순교자의 인자함, 성녀의 선의를 가지고 계셨다. 어쩌면 증조할머니는 긍정적으로 나쁜 성격이었던지 방랑하는 상상력을 가지고 개인들에 대한 소설을 스스로 지으면서 재미있어 하셨다고 한다. 예를 들면, 당신과 만나고 아주 기분이 좋은 상태에서 헤어지셨다고 해보자. 헤어지고 나서는 당신에 대해서 생각하기 시작하신다. 심심함을 달래기 위해서 당신이 자신에게 어떤 비열한 짓을 했다고 혼자 상상하면서 흥분하고 화를 내다가 당신에게 세상에서 가장 공격적인 편지를 보내고 다시는 당신을 만나지 않는 것이다. 나는 증조할머니를 본 기억이 없고 만약 본 적이 있다면, 아주 연세가 드신 증조할머니를 아주 어린 내가 만났을 텐데 어머니가 말해주신 것을 미루어보면, 따듯한 추억을 간직하지 못했던 것 같고, 그럼에도 어머니는 자신의 어머니가 매일 묘소에 가시던 것처럼 자신의 할머니의 묘소에 가서 기도를 드렸다. 내 어머니의 이런 성정에도 불구하고 나는 사람들과 경원해지고 사이가 틀어지는 그런 성향을 물려받은 듯하다.

할머니가 순교자들의 인자함을 가졌다고 했는데, 그렇다고 해서 할머니의 삶 자체가 그랬다는 것은 아니다, 물론 어느 정도는 사실이라도 말이다. 어머니는 자신의 아버지와 어머니를 정말 열정적으로 그리고 아주 동등하게 좋아해서 어느 분도 비난하지 않았고 설사 그런 마음이 있더라도 절대 알게 하지 않았을 것이다. 그런데 할아버지는 정말 훌륭한 분이었지만 동시에 가장 횡포적이며 가장 편집적이어서 할머니를 많이 힘들고 어렵게 했던 것이다.

어머니와 머무는 시간이 마지막 몇 초 남아 있다는 것을 느끼면 내 시선은 어머니에게 떨어지지 않았고 어머니의 아름다운 얼굴에 내가 입맞춤을 하게 될 곳을 찾고 있었는데(사실은 어머니 얼굴에 여러 번 입맞춤을 했고 아빠는, "이제 그만 바보스럽게 굴어라"라고 했고 그러면 어머니는 얼굴을 돌리곤 했다), 미리 그 장소를 잘 봐둬서 입맞춤을 하는 순간에 그 기쁨을 만끽하고 볼의 부드러움과 그 아름다운 시선을 의식 속에 잘 간직해서, 내가 혼자 쓸쓸하게 잠자리에 누워 눈물 속에 있게 될 순간 잘 기억하려 했다. 가족이 모두 지켜보고, 아버지가 불편해하는 이 저녁의 입맞춤을 나는 힘들어했다. 그래서 어떤 구실을 만들어 엄마를 따로 계단이나 작은 거실로 오시게 했다. 엄마는 아버지를 항상 자극하는 이 장면을 피하기 위해서 엄마도 우리가 단둘이 있을 때에 미리 입맞춤을 하고 싶어 했다. 그러나 나는 가족들이 그걸 모르니까 침실로 올라가기 전에 다시 한번 어머니에게 입맞춤을 할 권리가 있다고 생각하면서 한편으로는 어머니를 성가시게 할까 봐 심하게 망설이다가 결국은 정원으로 다시 나왔다가 어른들에게 저녁 인사를 하는 의식을 하고는 마지막에 어머니에게 다가갔다. 그럼 어머니는 내가 다시 저녁 인사를 하는 것에 화가 나셨고 내가 볼 인사를 하는 순간에 눈썹을 치켜올리며 얼굴을 돌리셔서, 나는 편안하지 못한 마음이 되고 불안에 사로잡혀서 거실 옆 대기실을 거쳐 내 침실로 향하는 운명의 계단을 오르며 첫 계단부터 어머니에게서 멀어져 감을 느끼고는 마음이 텅 빈 느낌이었다.

매번 내가 그런 상황에 놓이게 되면…

매번 내가 한 여성을 쫓아가는 게 불가능한 상황에 놓이게 되면, 곧 예쁜 여성이 내 옆을 지나쳐 멀어져 가는 것을, 저주받을 만한 긴급한 상황에 묶여, 무기력하게, 맛보지 못했지만 가능할 수도 있을 행복이 영원히 멀어져 가는 것을 고통스럽게 지켜보게 된다. 내가 나이 든 부인들을 댁까지 다시 모셔다드릴 때에는, 항상, 열일곱 살의 날씬하고 웃음이 가득한 우유 파는 아가씨가 내 시선을 의식하고 걸음을 늦추고 살짝 얼굴을 돌리는 일이 반드시 발생하는 것이다. 내가 순간적으로 구실을 찾아, 나이 든 부인을 댁 안까지, 아니 엘리베이터 앞까지 데려다드리지 않으려고 작별 인사를 하고, 마지막 순간 끝없는 질문에 대답을 하고, 걸음아 나 살려라는 식으로 달려가면

우유 파는 아가씨는 내가 달려간 골목의 옆길로 갔는지 다시는 찾을 수가 없는 것이었다…. 무엇을 사러 가서 잠시 주변을 걸으며 둘러보면 예쁜 아가씨는 절대 지나가지 않는 것이다. 그런데 그때 오래전의 스승, 신부님, 나이 든 친척 여성을 마주쳐 붙잡혀 있게 되면, 2분 안에 두세 명의 예쁜 여성이 반대편 보도로 지나가는 것이다. 그리고 두 시간을 하릴없이 걷다가 자동차를 잡아 차 안에 앉는 순간에 작고 귀여운, 공장에서 일하는 여성이 보따리를 들고 지나간다. 운전수에게 차를 멈추라고 하기가 민망해서 머뭇거리다가 있는 힘을 다해 중간 유리를 두드려 차를 세우려 해도 그는 듣지 못하고, 내가 더 쾅쾅 치면 그는 이해를 하지 못하고 멈춘다, 그러면 나는 그녀가 어디로 사라졌는지 알 길이 없고, 아마도 그녀가 간 길이 아닌 골목을 빨리 가봐 달라고 한다. 순식간에 우리 차는 이미 그녀가 지나갈 수 있었을 길에서 한참 멀리 와 있고 이제 그녀를 다시 마주치게 될 가능성은 전혀 없기 때문에 포기하는 게 좋다. 그러나 불가능해 보이는 현실의 막연하지만 불안할 것 없는 가능성 그 자체가 이미 하나의 즐거움인 것이다….

미발표 단편 9편

폴린 드 S.

 어느 날 나는, 오래된 벗 폴린 드 S.가 지병인 암으로 인해 올해를 넘기지 못하리라는 것과, 폴린도 그것을 분명히 자각하고 있었기에, 의사가 환자의 통찰력을 속이지 못하고 사실을 말해버렸다는 것을 알게 되었다. 한편 폴린은, 항상 발생할 수 있는, 예기치 못한 사고가 아니라면, 삶의 마지막 달까지 자신의 정신이 온전하고, 어느 정도 신체 활동이 가능할 것을 알고 있었다. 폴린에게 살아갈 날에 대한 헛된 희망이 사라진 이제, 그녀를 만나러 가는 게 나는 무척 두려웠다. 그럼에도 어느 날 저녁, 나음 날은 가보기로 결심을 했다. 그날 밤, 나는 잠을 이룰 수가 없었다. 이제 그녀에게 모든 것은, 죽음에 그렇게 가까이 있을 때 일어날 수밖에 없는 방식인, 우리에게 일상적인 것들이 모두 그 반대로 보일 것이라는 생각이 들었다. 한편으론 삶의 쾌락들, 여흥의 즐거움, 다양한 삶들, 특별하지만 별 의미가 없는, 무미의, 보잘것없고 끔찍하게도 작은 허상 같은 활동들. 다른 한편에는 생명과 영혼, 존재의 본질에 닿게 하는 예술적 감동의 깊이, 선의, 용서, 동정, 자비, 회한 등 유일하게 진정한 것들에 대한 명상이 있었다. 마침내 그녀의 집에 도착했을 때, 영혼만이 내 안에 존재하며, 존재 너머 모든 것을 잊고, 울음이 터지기 직전인 그런 확장된 순간의 느낌이었다. 안으로 들어갔다. 폴린은 여느 때처럼 창가의 안락의자에 앉아 있었는데 그녀의 얼굴은 며칠 전부터 내 상상 속에 있던 슬픔이 깃든 표정이 아니었다. 신체적으로 그녀는 야위었고, 병으로 창백했다. 그러나 그녀의 조소하는 듯한 인상은 그대로였다. 그녀는 내가 들어가자 손에 들고 있던 신문의 정치 풍자문을 내려놓았다. 우리는 한 시간 동안 담소를 했다. 그녀가 알고 있는 여러 사람을 조롱하는 재기 있는 대화는 여전했다. 그런데 기침에 이어 약간의 각혈이 있자 그녀는 말을 멈추었다. 다시 진정이 되었을 때 내게 제안했다. "오늘은 이만하는 게 좋겠어요. 저녁 식사에 초대한 사람들이 있어서 더 피곤해지면 안 될 것 같네요. 하지만 조만간 다시 만나요. 오전에 극장의 복스에서 보면 어떨까요? 저녁에 연극을 보러 가는 건 이제 피곤하더라고요." "연극이요?" 내가 물었다. "어떤 작품이든 좋아요, 그 〈햄릿〉이나 〈안티고네〉 같은 작품은 좀 지겨우니, 제 취향 아시잖아요, 조금 명랑한 작품, 라비슈 작품이 요즘 공연 중이면 좋고, 아니면 오페레타도 좋아요." 나는 어이없어 하면서 그곳을 나왔다. 다시 그녀를 몇 차례 방문하면서 복음이나 『준주성범遵主聖範』의 독서, 음악이나 시, 명상, 본인이 다른 사람에게 주었던 모욕에 대한 후회나 받은 모욕의 용서, 사상가, 신부님, 소중한 사람들, 오래전에 등을 돌린 사람들, 또는 본인 스스로와의 대화가, 그녀가 삶을 마치게 될 그곳에 부재한다는 것을 알게 되었다. 그녀가 자신의 몸 상태에 대해 예민하지 않으며 또 그것을 느끼기에는 스스로에게 너무 엄격했다고 말하려는 게 아니다.

어쩌면 그것은 그저 그녀의 태도, 또는 가면은 아니었는지, 사실은 그녀가 내게 감춰왔던 삶의 일부가 실제 그녀의 삶은 아니었는지 종종 생각해보았다. 그러나 그렇지 않다는 것을 곧 알게 되었는데, 다른 사람들과 있을 때, 또는 홀로, 나와 함께해도 여전했기 때문이었다.

내 생각에는 정말 무정한 태도이고 착오라 여겨졌다. 그런데 나도 얼마나 바보였는가, 죽음을 그렇게 가까이에서 보고도 다시 경박한 삶을 이어 갔으니. 그런 것을 계속 눈앞에서 보면서 새삼 놀랐다니. 의사가 시한부라고 우리에게 말하지 않았고, 삶이 유한함을 모른다고 해도 우리 모두는 반드시 죽는다. 그럼에도 존엄하게 세상을 떠나기 위해 죽음에 대해 명상을 하는 경우를 많이 보는가?

익명의 발신인

 "친구야, 걸어서 돌아오면 안 돼, 내가 마차를 보낼게, 너무 추워서 병날 거야." 프랑수아즈 드 뤼크는 친구 크리스티안을 데려다주며 조금 전에 별 뜻 없이 한 말이, 다른 사람이 아닌 아픈 친구에게는 자신의 건강에 대한 염려로 들렸을 수 있겠다는 생각이 들었다. 난롯가에 앉아 손과 발을 차례로 녹이며, 그녀를 괴롭히는 질문을 계속 생각해보았다. 어떻게 크리스티안을 무기력증에서 낫게 할 수 있을까. 방 안에는 아직 램프가 놓이지 않았다. 프랑수아즈는 어둠 속에 앉아 있었다. 다시 난로 가까이 손을 가져가니 불길이 우아함과 영혼이 깃든 그녀의 손을 비쳤다. 이 비천한 세상에 유배된 슬픔으로 체념한 그 손의 아름다움은 감정을 잔뜩 내포한 시선이 갖는 감동을 표현하고 있었다. 으레 무심한 그녀의 손은 부드러운 우수를 드러내며 길게 놓여 있었다. 단 그날 저녁에는 그 섬세한 손을 우아하게 지탱하고 있는 손목이 거의 접힐 정도로 고뇌하는 꽃처럼 고통스럽게 펼쳐져 있었다. 그리고 곧 그녀의 눈에서 한 방울씩 흘러내린 눈물이 불꽃에 환히 비친 손에 닿는 순간 어둠 속에서 드러났다. 하인이 편지 하나를 전하러 들어왔는데 그것은 프랑수아즈가 알지 못하는 복잡한 글씨체였다. (그녀의 남편이 자신만큼 크리스티안을 아껴주며, 자신의 속상한 마음을 알아차리면 따듯하게 위로를 해주고 있지만, 남편이 갑자기 들어와서 자신의 눈물을 보며 슬퍼하는 것을 원치 않았기 때문에 어둠 속에서 눈물을 닦을 시간을 갖고자 했다.) 하인에게 오 분 뒤에나 램프를 가져오라고 하고 불빛 가까이 편지를 가져갔다. 난로의 불꽃이 상당히 밝아서 프랑수아즈가 몸을 기울이니 글자가 충분히 구분이 되었고, 그녀는 읽기 시작했다.

부인,

오래전부터 부인을 사랑해왔지만 차마 부인께 말씀드리지도, 그러지 않기도 못하는 지경이 되었습니다. 용서해주십시오. 부인의 지적인 삶, 남다른 당신 삶의 고귀함에 대해 얼핏 이야기를 듣고는 당신이라면, 힘들었던 제 삶에 온정을 주고, 무모한 생활 뒤의 평화를, 불안정하고 어두운 삶 끝에 빛으로 인도하는 길을 가게 해줄 거라 생각하게 되었습니다. 부인도 모르시는 사이 부인은 저에게 정신적인 동반자였습니다. 그런데 이제 그것으로 만족할 수가 없게 되었습니다. 저는 당신의 몸을 갈구하게 되었고, 그럴 수 없다는 사실에 절망과 광기 속에서 저를 진정시키기 위해 이 편지를 쓰고 있고, 마치 누군가를 기다릴 때 종이를 구겨버리고, 나뭇결에 그 이름을 새기고, 바람결이나 바닷가에서 그 이름을 부르듯 말입니다. 내 입으로 당신의 입가를 더듬을 수만 있다면 제 삶을 다 바치겠습니다. 그것이 가능할 수도 있지만 불가능하다는 생각이 저를 소진시킵니다. 제 편지들을 받으실 때는 제가 그 욕망으로 미쳐 있다는 걸 알아주십시오. 당신은 너무나 착한 분이니 제발 저를 불쌍히 여겨주십시오, 저는 당신을 소유하지 못하여 죽어가고 있습니다.

프랑수아즈가 그 편지를 다 읽었을 때쯤 하인이 램프를 가지고 돌아왔고 그녀가 흔들리는 불확실한 불꽃에 의지해, 꿈속에서 읽은 듯한 편지의 현실을 확인해주었다. 이제 은은하지만 확실하고 직접적인 램프의 빛이, 현실 세상과 저편 꿈의 세계 사이의 희미한 빛에서 내면의 세계를 드러나게 하여 물질과 생명력에 따라 진정성의 흔적을 부여했다. 프랑수아즈는 우선 이 편지를 남편에게 보여주려고 했다. 그러다 남편에게 불안감을 느끼게 하지 않는 것이 더 낫다고 생각을 바꾸고, 미지의 발신인이 잊기를 바라며 침묵밖에는 줄 수 있는 게 없다는 생각을 했다. 그러나 다음 날 아침 다음과 같은 단어가 적힌 역시 복잡하게 흘려 쓴 편지를 받았다. '오늘 저녁 9시, 당신 집에 갈 예정입니다. 당신을 그저 보고 싶습니다.' 프랑수아즈는 두려워졌다. 게다가 크리스티안은 다음 날부터 건강에 좋은 신선한 공기를 찾아 시골에 가서 이 주일을 보낼 계획이었던 것이다. 그녀는 크리스티안에게 서신을 보내, 마침 남편이 그날 저녁에 외출을 하니 저녁 식사를 같이하자고 제안을 했다. 그리고 하인들에게는 크리스티안 빼고 다른 사람은 아무도 안으로 들이지 말라고 한 후에 모든 문의 덧창을 꼭 닫게 했다. 크리스티안에게는 아무런 이야기도 하지 않았고, 9시가 되었을 때 두통을 호소하며 자신의 방으로 통하는 문이 있는 살롱으로 가자고 하면서 그 누구도 들이지 말라고 일렀다. 프랑수아즈는 방에서 무릎을 꿇고 기도했다. 9시 15분이 되자 혼미해지는 것을 느끼면서 럼주를 찾으러 식당으로 갔다. 테이블에는 인쇄체로 다음과 같이 적힌 커다란 흰 종이가 놓여 있었다. '왜 저를 만나주시지 않나요? 당신을 정말 사랑해줄 텐데요. 당신을 위해 우리가 함께 보낼 수도 있었을 시간에 대해 언젠가 후회하게 될 거예요. 제발 부탁입니다. 꼭 당신을 볼 수 있게 해주세요, 하지만 당신이 명령을 내리면 즉시 떠날게요.' 프랑수아즈는 두려움에 사로잡혔다. 하인들에게 무기를 가져오라 할까 생각도 했다. 그러나 그 생각을 부끄럽게 여기면서 타인에 대해 자신이 가진 영향력으로, 이보다 더 효과적인 권한은 없다는 생각에 종이 밑에 이렇게 적었다. '즉시 떠나주세요, 명령이에요.' 그리고 방으로 서둘러 돌아가 기도대에 몸을 던지고는 모든 생각을 비우고, 성모 마리아에게 절절하게 기도했다. 삼십여 분이 지나 자신의 제안으로 살롱에서 책을 읽고 있는 크리스티안에게로 갔다. 뭔가를 마시고 싶다면서 크리스티안에게 식당으로 같이 가자고 했다. 프랑수아즈는 크리스티안에게 의지하여 떨면서 식당으로 들어갔고 문을 열 때는 거의 휘청거렸고 천천히, 거의 죽은 사람처럼 안으로 들어갔다. 한 걸음 한 걸음마다 더 이상 앞으로 나아가지 못하고 그 자리에 쓰러질 듯했다. 그러다가 순간적으로 비명이 나오려는 걸 막아야 했다. 테이블 위에 또 다른 편지가 놓여 있었던 것이다. '당신에게 복종합니다. 다시는 오지 않겠습니다. 저를 다시는 보는 일이 없을 것입니다.' 다행히 크리스티안은 친구의 몸에 신경을 쓰느라 편지를 보지 못했고 그 사이에 프랑수아즈는 무심한 표정으로 재빨리 편지를 접어 호주머니에 넣었다. 그러고 나서 크리스티안에게 말했다. "내일 아침 일찍 떠나니까 서둘러 귀가하는 게 좋겠네. 잘 들어가 친구야. 내일 아침에 배웅하러 가지 못할지도 몰라, 만약에 내가 안 보이면 늦게까지 자면서 두통을 치료 중이라고 생각해줘." (사실은 의사가 크리스티안의 건강을 생각해서 감정적으로 힘든 작별 인사를 피하라고 권했었다.) 크리스티안은 자신의 건강 때문에 프랑수아즈가 오지 못할 수 있다고 말하는 것이며, 작별 인사가 금지된 것을 잘 알고 있어서, 친구를 안심시키려고 걱정을 억누르며 침착한 프랑수아즈에게 잘 있으라고 말하면서 울어버렸다. 프랑수아즈는 잠을 이루지 못했다. 미지의 사람에게서 온 편지의 마지막 말인 '저를 다시는 보는 일이 없을 것입니다'

가 무엇보다도 마음에 걸렸다. 다시 보는 일이 없다는 말은 이미 본 적이 있다는 뜻이었다. 프랑수아즈는 덧창을 잘 살펴봤지만 모든 창이 그대로 닫혀 있었다. 그 사람은 창문으로 들어올 수는 없었다. 그렇다면 저택의 관리인을 매수한 것이다. 관리인을 해고할까 하다가 확신이 없어 기다리기로 했다.

다음 날 아침 크리스티안이 떠나는 대로 소식을 전해달라고 부탁했던 크리스티안의 의사가 집에 들렀다. 의사는 크리스티안의 상태가 돌이킬 수 없이 악화된 것은 아니어도 갑자기 손을 쓸 수 없는 상태가 될 수도 있음을 감추지 않았고 특히 어떤 처방을 할 수 있을지 알 수 없다고 덧붙였다. "결혼을 하지 않은 것이 큰 불행이죠." 결혼 생활과 같이 새로운 삶만이 그녀의 우울한 삶 속에 건강에 유익한 영향을 미칠 것이라고 했다. 그런 새로운 쾌락만이 그녀의 심각한 건강 상태를 개선해줄 수 있다는 것이었다. "결혼을 하다니"라고 프랑수아즈는 외쳤다, "지금 저렇게 몸이 아픈데 누가 그녀와 결혼을 하려고 할까요." "애인이라도 하나 만들어야지요, 그 애인이 건강을 회복시켜주면 그때 결혼하면 되죠"라고 의사가 말했다. "그런 말도 안 되는 말씀 마세요"라며 프랑수아즈가 반대했다. "말도 안 되는 이야기를 하는 게 아니에요" 의사가 처량하게 대답했다. "여성이 이렇게 아플 때, 처녀인 경우, 완전히 다른 방식의 삶만이 건강을 되찾게 해줄 수 있어요. 제 생각에 이런 극한의 순간에 우리가 관습을 두려워하고 망설이는 건 아니라고 봅니다. 제가 내일 다시 찾아뵐게요, 오늘은 좀 급한 일들이 있어서요, 내일 다시 더 말씀 나누시지요."

혼자 남은 프랑수아즈는 잠시 의사가 한 말을 생각하다가 곧 무의식적으로 의문의 발신자, 그녀를 보기 위해서는 그렇게 교묘하게 과감하고 용감했으나 순순히 그녀의 말에 복종한 그에게로 생각이 옮겨 갔다. 그 사람이 자신을 향한 사랑으로 그런 놀라운 행동을 했다는 점이 그녀를 흥분하게 했다. 그가 누구일지 여러 번 상상을 해보면서 군인일 거라는 생각에 이르렀다. 프랑수아즈가 병사들을 좋아해온 것은 그들의 옛날식 강렬한 열정 때문이었는데, 그녀의 정숙함은 그들의 열정이 타오르도록 자양분을 제공하는 것을 거부하였고, 종종 그녀의 꿈속에서나 타오르면서 그녀의 정숙한 눈에 낯선 반영을 드리우며 다시 북돋아지곤 했다. 오래전 그녀는 군복의 긴 벨트를 끄르는 데 시간이 걸리는 병사, 저녁 무렵 길모퉁

이를 돌며 머리 방향을 바꿀 때 장검이 뒤로 끌리는 용기병龍騎兵, 소파에서 그들을 아주 힘껏 껴안게 되면 그들의 장화에 달린 박차가 다리를 누르는, 그들의 모든 것이 거친 군복에 가려져 있어 그들의 태평하고, 모험적이며 다정한 심장이 뛰는 것을 쉽게 느끼기 어려운 그런 병사에게서 사랑받는 것을 종종 꿈꿔왔었다.

비에 젖은 바람이 나뭇잎을 떨어트려 흩날리고 가장 향기가 좋은 꽃도 썩게 하는 것처럼 친구를 잃는 슬픔이 이런 관능적인 생각들을 눈물 속에 잠기게 했다. 우리 영혼의 낮은 하늘의 낯처럼 자주 바뀌는 것이다. 우리의 가련한 삶은 우리가 감히 머물지 못하는 관능의 물결과 도달할 여력이 없는 정절의 덕 사이에서 혼란스럽게 떠돈다.

그런데 전보가 하나 도착했다. 크리스티안이 더욱 악화되었다는 것이었다. 프랑수아즈는 바로 출발해 다음 날 칸에 도착했다. 의사는 프랑수아즈가 크리스티안이 빌린 빌라로 그녀를 만나러 오는 것을 허락하지 않았다. 그런 순간을 견디기에는 너무 허약한 상태라는 것이었다. 의사는 말했다. "부인, 제가 친구분의 사생활에 대해서 뭔가를 알려드리고 싶지는 않습니다. 게다가 제가 전혀 알지도 못하고요. 하지만 저보다 더 그녀를 잘 알고 계시는 부인은 아실 수도 있기 때문에 말씀을 드립니다. 그녀에게 삶의 마지막 순간을 고통스럽게 하는 비밀이 있는 것 같은데, 바로 그 비밀로 인해서 그녀에게는 치료제가 될 평온이 찾아올 수도 있습니다. 그녀가 계속 작은 상자를 달라고 해서 주면 사람들을 다 나가게 하고, 오랫동안 그 상자와 있고 나서는 항상 발작으로 이어집니다. 상자는 여기 있고 제가 감히 열지는 못했습니다. 그런데 환자가 극심히 쇠약한 상태로 즉각적으로 아주 심각해질 수 있다는 점을 고려하면, 부인께서 내용물을 확인해 보시는 것이 좋지 않을까 생각합니다. 그러면 그게 모르핀인지 알 수 있을 테니까요. 몸에 주사 자국은 없지만 그것을 삼킬 수는 있으니까요. 또 이 상자를 달라고 하면 거부할 수도 없습니다. 주지 않으면 흥분 상태가 너무 심해서 더욱더 위험해지고 그러다가 정말 치명적이 될 듯합니다. 어쨌든 우리가 그녀에게 무엇을 가져다주는지 알고 있는 편이 훨씬 나을 듯합니다."

프랑수아즈는 잠시 생각에 잠겼다. 크리스티안은 자신에게 사랑의 감정에 대한 어떤 비밀도 말한 적이 없었는데, 만약 그런 비밀이 있었다면 분명히 자신에게 털어놨을 것이다. 상자에는 아마도 모르핀이나 유사한 독약

이 있을 것 같았고, 의사가 그 내용물을 즉각 알아야 함이 절박하게 여겨졌다. 가벼운 동요와 함께 상자를 열었고 처음엔 아무것도 발견하지를 못했으나 들어 있는 종이를 펴보고는 순간 얼이 나갔다가 외마디 소리를 지르고 쓰러졌다. 의사가 달려왔는데 그녀가 잠시 의식을 잃은 것이었다. 그녀의 손이 떨어트린 상자가 곁에 놓여 있었고 옆에는 떨어진 종이가 있었다. 의사가 거기에 있는 글을 읽었다. '즉시 떠나주세요, 명령이에요.' 프랑수아즈는 금방 정신을 차리고 갑자기 격렬하게 고통스러운 근육의 수축을 느끼며 가라앉은 음성으로 의사에게 말했다. "선생님, 제가 너무 떨려서 아편을 본 줄 알았어요. 정말 정신이 나갔나 봐요. 크리스티안의 목숨을 구할 수 있을까요?" "그럴 수도 아닐 수도 있습니다. 이 무기력증을 중단시킬 수만 있으면요, 특별히 아픈 장기가 있는 것은 아니니까 완전히 회복될 수도 있습니다. 그러나 무기력에서 회복될 수 있을지는 장담할 수가 없습니다. 현재 그녀에게 고통을 주는 괴로움, 아마도 사랑 때문인 듯한데, 그게 무엇인지 알 수가 없어 안타깝습니다. 현재 생존해 있는 사람이 관련되었다면 그녀를 위로하고 회복시킬 수 있으니 그 사람은 이 의무가 어려워도 순수한 자비심으로 해야겠지요."

프랑수아즈는 곧장 전보를 보냈다. 고해신부님께 다음 기차로 와주십사 부탁을 한 것이었다. 크리스티안은 완전히 비몽사몽간에 낮과 밤을 보냈다. 프랑수아즈가 도착한 것을 알지 않고 있었다. 다음 날 아침 그녀가 심각하고 흥분된 상태여서, 의사는 크리스티안에게 미리 말을 하고 프랑수아즈를 들여보냈다. 프랑수아즈는 친구에게 다가가 불안해하지 않게 몸은 어떤지 물었고, 침대 옆에 앉아 익숙하면서도 다정한 말로 그녀를 위로했다. 크리스티안은, "내가 너무 힘이 없어서 그러니 가까이 와줘, 네 이마에 입 맞추고 싶어"라고 하자 프랑수아즈는 본능적으로 몸을 뒤로 뺐으나 다행히 크리스티안은 눈치채지 못했다. 프랑수아즈는 금방 다시 정신을 차리고 그녀의 볼에 다정하게 오랫동안 입을 맞추었다. 크리스티안은 한결 나아진 듯했고, 활기를 띠며 식사를 하고 싶어 했다. 그때 누군가 들어와 프랑수아즈에게 귓속말을 했다. 그녀의 영성지도 신부인 트레브 사제가 도착한 것이다. 그녀는 옆방에서 사제와 이야기를 나누면서도 교묘하게 신부에게는 아무것도 드러내지 않았다. "사제님, 한 남자가 어떤 여성을 향한 사랑으로 죽어가고 있다면, 그런데 이 여성은 이미 다른 남자의 것이라면, 그런데 죽어가는 남성이 그녀를 유혹하려는 시도를 하지 않는 미덕을 가지고 있다면, 그런데 이 여성의 사랑만이 이 남성을 확연히 임박한 죽음에서 구할 수 있다면, 이 여성이 그 사랑을 남성에게 베풀어주는 것이 용서될까요?" 프랑수아즈가 서둘러 말했다. 사제는 "왜 부인 스스로 답을 해주지 않으셨나요?"라고 했다. "그렇게 한다면, 환자의 허약함을 이용하여 환자가 온 힘을 다해 선의를 가지고, 사랑하는 여성의 정절을 위해 지속해온, 삶의 희생을 훼손하고, 실추시키고, 저지하고, 무효화하는 행위이겠지요. 그것은 아름다운 죽음이고, 부인이 말하는 것처럼 행동한다면 자신의 열정에 숭고하게 승리하여 미덕을 쌓은 사람에게 하느님의 왕국으로 들어가는 문을 차단하는 것이 되겠지요. 그녀가 그렇게 행동하지 않았다면 자신의 죽음 너머 사랑 너머 명예를 소중히 지켜왔을 그 사람을 다시 그곳에서 만나게 되었을 그 여성에게는 더욱 큰 실추가 되겠지요."

그런데 급히 프랑수아즈와 사제를 찾는다는 것이었다. 크리스티안이 죽어가면서 참회를 하고 용서를 구한다는 것이었다. 크리스티안은 다음 날 숨을 거두었다. 그 후로 프랑수아즈는 다시는 익명의 발신인으로부터 편지를 받는 일이 없었다.

어떤 대위의 추억

 중위 시절 일 년을 근무한 적이 있는 작은 도시 L에서 다시 하루를 보내러 온 적이 있었다. 사랑을 나눈 그곳의 모든 장소를 꼭 다시 보고 싶었는데, 슬픈 마음의 떨림 없이는 생각할 수 없는 그 장소들은 사실 계절과 시간, 날씨의 변덕에 따른 햇빛의 다양한 혜택만이 유일한 장식인 병영兵營의 벽이나 작은 정원같이 변변치 않은 곳이었다. 이 장소들은 내 상상 속의 작은 세계에 영원히 크나큰 감미로움과 아름다움으로 감싸여 있다. 몇 달 동안 이곳을 전혀 생각하지 않고 지내다가도, 작은 오르막길을 따라가면, 기분 좋은 저녁 햇살 속의 마을, 성당, 작은 숲을 보게 되는 것이었다. 여름에 친구들과 함께 저녁을 먹었던 병영의 뜰, 작은 정원 이곳의 추억은 아침, 저녁의 매혹적인 햇살 같은 감미로운 신선함으로 차 있었다. 작은 소소한 것들이 여기에서는 환한 빛을 받아 아름다워 보였다. 이 장소는 언덕처럼 내게는 잘 보였다. 그대는 나의 외부에 존재하며 그 자체로 충분한, 따듯한 아름다움을 가진, 예상하지 못한 밝은 빛 속에 잠긴 존재다. 내 마음, 그때 그렇게 즐거웠던 내 마음은 이젠 슬프지만, 예전의 내게서 그 순간을 빼앗아오면 그래도 조금 즐거워지고, 오늘의 나는 병들고 쓸모없는데, 그때의 즐거운 마음은 햇살로 찬란한 정원에, 멀리 있지만 그렇게도 가까이에 있는, 이상하리만큼 내 옆에 있는, 아니 내 안에 있는, 그러면서도 한없이 나의 외부에 있는, 결코 도달할 수 없어 보이는 병영의 뜰에 있다. 내 마음은 다정한 햇살이 비추는 작은 도시에 있고 눈부신 길을 가득 채우는 맑은 종소리를 듣는다.

그렇다, 이 작은 도시 L에 돌아와 하루를 보내게 되었다…. 그리고 내 마음속에서 보던 도시보다 못한 것을 보고 상심하지나 않을까 염려했던 것보다는 덜 격한 느낌이었는데 내 마음속에서 이미 이 도시를 아주 드물게 떠올리게 되어 그것이 정말 슬프고, 일순간 어떤 때는 절망적인 상태였기 때문이다…. 무의식의 작은 정령 또는

'무생각' 같은 게으름이 우리로 하여금 잃게 하는 그 많은 풍요로운 순간 때문에 우리는 이렇게 절망한다. 그래서 이 도시의 사람들과 풍경 속에서 나는 깊은 우수를 느꼈다. 두세 명 그 시절의 내 삶을 온전히 공유한 친구들만이 이해할 수 있는 감정인 설명하기 어려운 큰 즐거움도 느꼈다. 이제부터 그 이야기를 해보려 한다. 저녁을 먹고는 바로 기차를 타려고, 식전에, 이전에 같이 근무했지만, 부서를 바꾼 부관에게 잊어버리고 간 책을 내게 보내라는 지시를 하러 갔다. 그의 병영은 도시의 반대편 끝에 위치하고 있었다. 길에 사람이 거의 없는 시간에 그를 만났다. 그의 새로운 부서의 병영, 저녁 햇살로 환한 작은 문 앞에서 그를 만나 길에 서서 십여 분을 이야기했는데 거기에는 문을 마주한 경계석에 앉아 신문을 읽는 보초 기병만이 있었다. 이제 그의 얼굴을 정확히 기억하진 못하지만 그는 키가 아주 컸고, 날씬한 편이었으며, 눈과 입술에서 섬세함과 온화함을 느끼게 하는 사람이었다. 나는 그에게서 신비한 매혹을 느꼈고 그의 맘에 들게 하려고 말과 동작에 신경을 써서 감탄스러운 이야기나 섬세한 감각, 큰 선의나 자부심이 드러나도록 했다. 내가 제복 차림이 아니었다는 점을 말하는 걸 잊었는데, 나는 사인승 무개차에 타고 있었고, 내 부관과 이야기를 하려고 잠시 멈춘 상태였다. 그럼에도 보초 기병이 C. 백작의 사인승 무개차를 알아보지 못했을 리 없을 텐데, 백작은 나와 같은 기수로 중위 생활을 했고 내게 하루 동안 사용할 수 있게 무개차를 내주었던 것이다. 부관이 대답 끝마다 '네, 대위님'이라고 했기 때문에 기병은 내 직급을 정확히 알고 있었다. 그러나 관습상, 그 장교와 동일한 부대 소속이 아닌 한, 민간인 복장의 장교에게 예를 갖추어야 하는 것은 아니었다.

그 기병이 내 말을 듣고 있다는 것을 느꼈는데 그는 고요하며 우아한 시선을 우리 쪽으로 돌렸다가 내가 그를 바라보자 신문을 내려다보는 것이었다. (왜 그랬는지) 그가 나를 바라보게 하고 싶은 강렬한 욕구를 느끼며 단안경을 끼고 사방을 둘러보는 척하면서 그가 있는 방향은 피했다. 시간은 흐르고 떠날 때가 되었다. 더 이상 내 부관과 이야기를 나눌 수가 없었다. 의식적으로 나의 긍지를 표현하느라 희석이 된 호의를 가지고, 부관에게 작별 인사를 하면서 보초 기병을 한순간 바라보았는데 그는 경계석 위에 다시 앉아서 우리를 향해 그 고요하고도 섬세한 눈길을 주고 있었고, 나는 그에게 모자를 들고 머리를 숙이며 약간 웃음을 지으며 인사했다. 그는 바로 일어서서 군모의 챙에 오른손으로 거수를 하면서 일반적으로 잠시 후에 손을 내리는 것과 달리, 규칙 그대로 부동자세로 있었고, 나를 응시한 그의 눈은 상당한 동요를 느끼는 듯했다. 말을 출발시키면서, 오랜 벗에게 내 시선과 웃음에 한없이 다정한 것들을 담아서 표현하듯 그에게 제대로 인사를 했다. 현실을 잊고, 영혼과 마찬가지인 시선의 불가사의한 매혹이 이끄는, 불가능이 철폐된 신비한 왕국에서, 나는 그를 향해 머리를 돌린 채 말이 끄는 대로 출발하여 그가 더 이상 보이지 않을 때까지 모자 없이 맨머리로 있었다. 그는 계속 경례 자세였고, 시공간을 벗어나 신뢰와 평온이 어린 우애를 담은 두 시선이 교차되었다.

그리고 혼자서 쓸쓸하게 저녁 식사를 했고 이틀을 번뇌 속에서 보내며 꿈을 꾸면 그의 얼굴이 갑자기 나타나서 소스라치고는 했다. 그러고는 당연히 그를 다시는 보지 못했고, 결코 다시 보지 못할 것이다. 게다가 이제 와서는 그의 얼굴도 가물가물해지고, 따듯한 저녁의 햇살이 황금색으로 물들인 그곳에서 아주 기분 좋은 그 무엇, 그렇지만 그 모호함과 미완의 상태로 인해 조금은 슬픈 것으로 남게 되었다.

이방인 자크 르펠드

내가 파시로 이사를 한 후, 여전히 르 퐁 데 자르에 거주하던 자크 르펠드를 더 이상 만나지 못했다. 그런데 지난 8월 말 즈음에 불로뉴 숲을 가로질러 밤 9시쯤 집으로 돌아오다 그랑 락 호수 쪽으로 가고 있는 자크 르펠드를 봤고, 그는 나를 알아보고는 바로 얼굴을 돌리고 가던 걸음을 재촉하는 것이었다. 곧 그를 가까이에서 보게 되었다. 그의 에세이를 읽으신 여러분은 자크 르펠드의 심오한 사고와 독특한 상상력에 대해 알고 있을 것이다. 그러나 그의 성격이 부드럽고 온화하다는 것을 모른다면, 왜 내가 즉시 그가 화를 내고 있다는 생각을 떨쳐버리고 그에게 급한 약속이 있을 것이라고 생각할 수밖에 없는지 이해하지 못할 것이다. 그다음 날들도 날이 화창해서 나는 계속 걸어서 귀가를 했다. 매일 자크 르펠드를 마주쳤고 매일 그는 나를 피했다. 렌 마르그리트 길모퉁이를 돌면서 다시 이쪽저쪽으로 천천히 걷고 있는 그를 마주하게 되었는데 그는 마치 누군가를 기다리느라 사방을 둘러보는 듯했고 사랑에 빠진 사람처럼 때로 하늘을 향해 고개를 들곤 했다.

네 번째 날, 푸이야에서 자크의 친구 한 명과 점심을 했는데, 자크가 지지라는 한 무용수와 결별한 직후 자살을 시도했었으며 이후에는 여성을 만나는 걸 포기하고 산다는 것이었다. 내가 그저 웃는 이유를 여러분은 이해하실 것이다. 그다음 며칠간은 그를 마주치는 일이 없었다. 그 후 며칠 뒤에 『르 골루아』 신문에서 다음과 같은 소식을 읽었다. "우리의 저명한 작가, 자크 르펠드 씨가 내일 브르타뉴 지역에 가서 몇 달을 보낼 예정이다." 그날, 그를 생 라자르 역 근처에서 마주쳤다. 이젠 10월이 될 때까지 다시는 그를 마주치는 일이 없을 것 같아 그를 불러 세운 것이다. "죄송하지만 제가 오늘 밤 9시 기차를 타야 하는데, 그전에 저녁 식사를 해야 하고, 저녁 식사를 하기 전에 불로뉴 숲까지 갔다가 다시 근교 열차를 타고 돌아와야 해서…." 그의 말에 별로 놀라지 않으며 이렇게 말했다. "삯마차를 타면 더 빨리 갈 텐데요." "아, 그런데 수중에 20수밖에 없어서요"라고 그가 답을 했다. 그의 일에 참견하고 싶지는 않았지만 그에게 제안을 했다. "제가 차로 어디든 데려다드릴 수 있어요." "그럼 기꺼이 타겠습니다." 그는 기쁘면서도 당황한 표정으로 말했다. "그런데 호수 입구에서 내려주세요, 저 혼자 가야 해서요." 호수 입구에서 그는 내렸고 나는 차로 멀어지면서도 그 친구에게 마지막 인사를 하러 오는 여성이 누구인지 궁금하여 그 길과 평행한 다른 길을 통해 지켜보았다. 시간은 흐르는데 그 여성은 오지 않았다. 자크는 혼자 호숫가에서 호수를 바라보며 걷다가 때로는 하늘을 향해, 얼굴을 들어 근처 숲에 눈길을 주었다가 다시 물결을 바라보는 것이었다. 빨리 걷기도 하고 걸음을 늦추기도 하다가 삼십 분 정도 지나 그가 다시 돌아오는 것을 보았는데, 헛되게 기다려 몹시 실망한 애인의 모습이 아니라 고개를 들고, 빨리 걷는 게 의기양양해 보였다. 정말 아무것도 이해할 수가 없어서 곰곰 생각을 해보다가 더 이상 생각하지 않게 되었다.

그런데 작년 ×××에 대사로 임명된 내 친구 L.이 파리에 와서 한 달을 지내게 되어 뤽상부르 공원 근처에 있는 호텔에 머물렀다. 매일 친구를 만나러 갔는데, 어느 날 오후에 친구를 만나고 나오다가, 오랫동안 본 적이 없는 자크 르펠드와 마주치게 되었고 그는 나를 보면서 불편한 것 같았다. 그는 나를 두고 급히 가버렸다. 나는 불만스러운 마음으로 귀가했다. 다음 날 같은 시간에 그를 또 마주쳤다. 그는 나를 피하려 했고, 나는 그를 붙들었다. 오래전부터 내릴 듯하던 비가 심하게 내리기 시작했고 우리는 비를 피하기 위해 뤽상부르 박물관으로 들어갔다. "불로뉴 숲에 같이 갔던 날 뒤로 못 봤는데"라고 운을 떼면서 계속, "왜 거기에 갔는지 물어도 될까요?"라고 솔직히 말했다. 그는 얼굴이 조금 붉어졌다. "바보같이 보이겠지만," 그는 부드럽게 웃으면서 답했다. "내가 두 번째로 불로뉴의 샬레 드 일 식당에서 식사를 할 때 아주 슬픈 마음이었고, 불로뉴의 호수가 이전에는 내게 특별한 감흥을 주지 못했는데 그날 유난히 아름다워 보여서 다시 호수를 보러 가고 싶은 마음이 간절했어요. 한 이주 동안 정말 호수에 빠져 있었어요. 어떤 길로 가야 아는 사람들을 마주치지 않는지 몰랐지요. 저 혼자가 아니면 호수가 특별한 감흥을 주지 못했거든요. 저를 호수 입구에 내려주신 날이 떠나는 날이었죠. 호수를 다시 보지 않고 떠날 수 없다고 생각했어요. 그리고 파리를 떠나기 전에 한 해의 결산을 하고 그 의미를 가다듬고, 이해하고 평가하기 위해서는 무엇보다도, 내가 반해버린 그 아름다운 물가에서 느낀 우수에 찬 황홀함보다 나은 것은 없다고 생각했지요, 호숫가의 하늘은 지나가는 백조와 보트 들 사이에 슬프게 내려앉았고, 호수는 잔디밭과 석양빛에 한층 강렬해진 화단 둘레의 꽃들 사이의 땅에서 분리되어 더욱 강렬하고 열정적으로 현실적으로 보였죠. 지나가던 보트의 젊은이 하나가 옆 사람에게 노를 넘기고는 바닥에 몸을 뻗고 앉아 있는 것을 바라보며, 내 정신은 속도와 휴식이 동시에 주는 즐거움을 느끼며 밤기운에 상쾌해진 매혹적이며 빛나는 물결의 달콤하면서 의기양양한 표면을 경쾌하게 미끄러져갔죠. 호수 물 위의 공기는 정말 감미로웠죠. 우리의 정신도 조금은 공기와 같은 것 아닐까요? 정신에게 어떤 큰 공간을 열어주면 그것을 채워내지 않나요? 그리고 정신은 어떤 대화자, 어떤 관심, 어떤 장벽이 지나치게 다가온 것에 억눌리시만, 가없이 펼쳐진 곳에서는 즐겁고, 충직하게 자유롭게 취한 듯 서글픈 속도로 별 노력 없이도 순간적으로 물결과 흘러간 시간들을 거슬러 올라가지 않나요?"

"그러면 다시 그 호숫가에 데려다줄까요"라고 나는 물었고….

미완성

지옥에서

켈뤼스가 지나간다. 삼손이 두 그림자를 멈추게 하고 켈뤼스를 가리킨다.

삼손 자신을 좀 소개해주시겠습니까?

첫 번째 그림자 누구를 소개할까요?

두 번째 그림자 켈뤼스에게 먼저 소개를 해야죠, 직급이 있는데요.

삼손 아뇨, 제게 먼저 하세요, 제가 더 연장자니까요.

첫 번째 그림자 켈뤼스라고 하죠. 켈뤼스 백작입니다.

삼손 저는 삼손입니다.

켈뤼스 지상에서의 생애 동안 선생님의 말씀을 많이 들었습니다.

삼손 시간의 질서가 우리가 서로 만나는 것을 막았지요. 그렇지만 않았다면, 내가 당신에 대해 알려지지 않은 자료들을 수집하는 데 나의 억류 기간을 썼을 것이 틀림없지요. 선생님에 대해 저는 한없이 관심이 많습니다. 사실은 제가 예견을 했었지요, 제가 말했죠. 여성은 고모라를 남성은 소돔을 갖게 될 것이라고요, 멀찌감치에서 화난 시선을 보내면서, 두 성性은 각각 자신의 영토에서 죽어갈 겁니다.

켈뤼스가 동의한다며 사교계 남성답게 우아하게 몸을 굽혀 인사를 했다.

삼손 아, 우리 모두, 저 자신이 선생님처럼 이성을 대했다면, 선생님 말씀이 옳겠지요, 델릴라가 더 참하게 굴었을 거라는 점에 의심의 여지가 없으니까요. 그러나 남성들의 행위는 저도 동의하는, 여성의 우아함에 대한 간접적인 찬미 같은 교태와는 다르죠. 그것은 곁에서, 독사와 장미의 중간, 고양이의 대체물 같은, 인간보다는 동물에 더 가까우며, 우리의 모든 사고를 소멸시키고, 모든 우정, 감탄, 헌신, 숭배의 독인 여성을 우리에게서 멀리한 남자에게 오는 것이지요. 그대와 그 동조자들 덕분에 사랑은 우리를 친구들에게서 격리시키고 철학에 대한 대화를 막는 그런 질병이 아니죠. 반대로 우정의 풍요로운 완성, 우리의 애정 어린 충실성과 남성적인 분출의 성취입니다. 그것은 변증법과 고대 그리스 검투사의 장갑처럼, 권장해야 하는 여흥으로 남성과 형제들의 관계를 느슨히 하기보다는 더 단단히 해주죠. 내 마음은 선생님에 대해 드디어 관조하면서 더욱 깊은 기쁨을 느낍니다. 여성에 대한 제 원한을 고백할 수 있는 분이니 여성에 대한 우리의 원한을 공유하면서 여성을 더욱 저주할 수 있겠네요. 여성을 저주하는 것은 너무나 감미로운 일이지요, 왜냐하면 사실 저주한다는 것이 결국은 여성을 환기하는 것이고 그러면 아직도 여성과 함께하는 듯한 거니까요.

켈뤼스 저는 선생님과 같은 의견이고 싶습니다만 그럴 수가 없습니다. 지금까지 그 어떤 여성도 저를 떨리게 한 적이 없고 그래서 선생님이 분노 속에서도 결국은, 고통스러우면서도 떨림이 느껴지는 끈에 의해 여성에게 연결이 되어 있는 것이나 여성이 선생님에게 불러일으키는 이유 있는 분노도 이해하기 어렵습니다. 여성들의 마성에 대해서 선생님과 같이 이야기할 수는 없는 만큼, 선생님처럼 그녀들을 혐오하는 것은 제게는 더욱더 불가능해 보입니다. 저는 남성에 대해 약간의 원한이 있지만 여성들은 항상 한없이 좋았습니다. 여성들이 섬세하다는 평도 몇 페이지 썼는데 적어도 그것은 진심이고 제가 경험한 것입니다. 제 믿을 만한 친구들은 여성이기도 하고요. 여성들의 우아함, 그들의 연약함, 아름다움, 재기는 저를 즐거움으로 취하게 하고, 관능에서 오는 것도 아닌데 강렬함이 덜하지 않고, 오히려 그 즐거움이 더 지속되고 더 순수한 것이었죠. 내 남성 애인들이 배반했을 때도 여성들 곁에서 위안을 얻었고 누군가의 완벽한 가슴에 안겨 오랫동안 울면서, 욕망하지 않으면서 느끼는 따듯함을 구했지요. 여성들은 내게 성모 마리아이자 동시에 유모였지요. 저는 그들을 무척 좋아했고 그들은 저를 다독여주었어요. 제가 요구하는 게 거의 없는 만큼 그녀들은 제게 더 많은 것을 주었지요. 저는 여러 여성들에게, 질풍 같은 욕망이 결코 혼란스럽게 하지 않는 현명함으로 새겨진 정원 같았죠. 여성들은 대신 제게 그윽한 차, 매력적인 대화, 초연하며 그윽한 우정을 주었지요. 단지 그들 중 몇몇이 좀 잔인하면서도 바보스러운 짓을 통해 자신들을 제게 내던져 그녀들이 전혀 제 취향이 아니라고 제가 고백하게 한 건 조금 원망스러울 뿐입니다. 그러나 너무 당연한 자부심 대신에 가장 기본적인 교태, 진정으로 그들을 감탄하는 사람에게서 매력을 잃을지도 모른다는 두려움, 약간의 선의와 넉넉한 마음이 그 여성들 중 가장 훌륭한 이들에게 그런 태도를 취하지 않도록 만류했지요.

르낭 씨가 오네요.

르낭 글쟁이 선생, 조용히 하세요. 당신의 글에는 당신의 사고의 조악한 요약뿐만 아니라 이론가의 자만에 찬 기교가 있다는 것을 아세요? 게다가, 눈앞에 놓인 가장 먹음직스러운 과일을 멸시하는 손님들처럼, 여성들을 좋아한다는 것을 숨겨왔죠. 그들은 연회에 오기 전에 요기를 하고 오는 거죠. 그런데 당신의 여성 편력은 확실하죠. 이 말이 결코 당신에 대한 비난이 아니라는 점을, 적어도 제 입장에서 철학적으로는 그렇지 않다는 걸 믿어주세요, 제 말이 어떤 절대적 윤리적 돌이킬 수 없는 비난이라고 생각하지 마세요. 소크라테스도 웃으며 언급한 이 놀이를 우리가 이해를 섣불리 거부하면, 속 좁은 사람으로 몰리지 않을 수 있을까요? 정의를 위해서라면 목숨을 내놓을 정도로 정의를 숭배한 이 철학자는 세상에서 정의가 구현되도록, 언짢아하지도 않고 가장 친한 친구들 사이에서 횡행하던, 오늘날은 유행이 지난 그런 행위들을 감내했죠. 공간적 거리가 시간적 거리와 유사한 것이라면, 오늘날 여러 가지 시각에서 볼 때 그렇게 흥미를 불러일으키는 동양이, 이 희한한 불꽃이 아직도 꺼지지 않은 진원지라고 말하는 것이 터무니없어 보이지 않을 것입니다. 결국 사랑은 많은 고대인들이 생각한 것처럼 의심할 여지 없이 질병인 거죠. 그렇다면 그러한 풍속을 어떻게 악행이라고 할 수 있을까요? 단백뇨가 소변에서 당분이 아닌 소금을 배출한다면 그 어떤 도덕적인 문제도 없는 거겠죠. 그럼에도 이런 연유로 그대를 용서하기엔 거리가 있지요. 그대는 두 번이나 서투르게 굴었으니까요. 삶은 교묘한 놀이와 같은 거라 그건 속죄받을 수 없는 죄예요. 자신이 사는 시대를 거슬러 가는 데 즐거움을 느끼는 건 그리 좋지 않지요. 입맛의 가장 통상적인 형식에 익숙한 한 남자가 배설물을 게걸스럽게 먹는 것을 즐기는 취향을 갖게 된다면 그건 적어도 범절을 중시하는 사회에서는 받아들이기 어렵죠. 어떤 생리적인 혐오는 무엇보다도 강해, 오명을 능가하니까요. 혐오와 존중은 필연적으로 동일인에 해당될 수는 없죠. 그러나 누가 감히 혐오라는 것이 극도로 상대적임을 부정할 수 있을까요? 왜 당신은 당신에게 제공된 가장 섬세한 향기를 거부하고, 화단의 향내를 맡는다고 스스로를 설득하면서 하수구 앞으로 몸을 기울이나요? 물론 정원과 향기 애호가만큼 당신의 입지도 어떤 절대적인 기준에 의한 것이기보다는, 사실 코신경의 생리적 방식에 의한 것

인데 그것이 전혀 문제시되지 않는다는 점을 잘 주목해야지요. 그런데 당신은 영역을 확장, 한 차원 더 정교한 지식의 범위를 포함시키는 중대한 실수를 범했지요. 이미 말했듯이 사랑은 질병이에요. 뇌의 흥분이나 광기 역시 질병이죠. 그런데 지구에 시가 등장한 날, 광기의 수준을 상당히 끌어올린 것은 아닌지 의심의 여지가 없죠. 거의 모든 시인이 광인이죠. 그러나 누가 감히 시인들에 대해 험담을 합니까? 물론 의사들은 그들이 환자라고 말하긴 하지만요, 시인들은 과장이 있는 사람들이긴 한데, 그래도 내게 아주 기품 있는 소중한 몇 친구는 시인이죠. 더군다나 시인들은 우리를 죽게 하면서 우리의 지인의 범위를 넓히고 우리의 명상의 초점을 이동시키지 않습니까? 그래서 의사들은 상당한 이유를 근거로 시인들은 병자이자 광인이라고 말하는 게 아닐까요. 그러나 이 병은 신비주의자들이 말하는 것처럼 행복한 병이고 신성한 광기입니다. 여성의 출현, 특히 지상에 현대 여성의 출현으로 공리적인 이력은 상당히 숭고해졌지만 사랑이 초기에 지상에 등장했을 때 완수해야 했던 지평은 상당히 부재하는 듯해요. 부유한 여성은 위안과 열정의 동의어로 사랑을 고귀한 질병으로 만들어, 친애하는 켈뤼스, 바로 그 초기의 요소를 제거하면서 품격을 낮출 수밖에 없었죠. 성별이 다르다는 것이 여기서는 가장 중요하지요. 우리와 그토록 다른 존재를 향한 사랑에서 오는 이 신선함은 도시의 노동자가 전원에서 휴가를 보낼 때 느끼는 평화로운 나날의 느낌과 유사하죠, 여성들이 아니라면 누구에게서 이 느낌을 받을까요? 게다가 시의 구성에서 여성들에게 더욱 중요한 역할을 맡긴 낭만주의가 고급 취향의 사람들에게서도 정신적인 소외를 더욱 굳건하게 하여, 켈뤼스 당신의 착오는 18세기부터 이단적이 되었으며, 여성은 훌륭하게 완벽해졌고 가장 세련된 지성들이 꿈꾸던 섬세함을 갖게 되었죠. 오늘날은 그 무엇도 경쟁 상대가 되지 않는 예술작품이나 명품이 되어 있지요. 당신은 여성들 곁에서 세련된 쾌락을 얻고 당신의 관능적 쾌락은 다른 곳에서 만족한다고요? 얼마나 불필요하고 부적절한 복잡한 상황일까요? 당신의 관능적 쾌락은 여성들만이 우리의 상상력에 부응해줄 수 있는 그런 모든 것으로 풍요롭고 세련되어질 텐데요. 그런데 당신이 말하는 그런 식의 분리가 가능한가요? 도대체 그 어떤 힘이 당신을, 우리가 그토록 감탄하는 존재를 포옹하지 못하게 막는 걸까요? 포옹하다 외에 다른 동사들도 첨가하고 싶은데, 그렇게 되면 이미 상당히 확장되어버린 철학자의 견해에 더욱 손상을 입힐 듯하네요.

베토벤의 8번 교향곡을 들은 후에

 우리는 때때로 한 여성의 아름다움, 한 남성의 친절함과 독특함, 다행스러운 상황이 은총을 기약하는 것을 본다. 그런데 곧, 이런 황홀한 약속들, 그 약속을 한 존재가 그것을 지킬 수 없는 상태라고 느끼고 우리의 정신은 초조해하며 이런 생각을 가두려 하는 벽에 저항을 한다. 마치 공기가 항상 넓은 빈 공간을 채우려고 갈망하며 더 넓은 공간을 열어주는 순간, 돌진했다가 다시 압축되는 것처럼 말이다. 저는 어느 날 저녁 당신의 눈과, 행동, 목소리에 속았죠. 그러나 이제는 정확하게 그게 어디까지인지, 어디가 다음 한계인지 잘 알고 있죠. 당신이 입을 다무는 순간, 허공에 고정된 시선이 더 이상 광채로 유지될 수 없는 빛처럼 한순간만 빛난다는 것을. 또한 친애하는 시인, 그대의 나에 대한 친절이 어디까지인지, 어디에서 오는지, 또 당신의 독창성의 법칙을 한 번 깨닫게 되면 그다음부터는 놀라움에도 규칙성이 있고, 외형적으로 무한대인 듯한 놀라움의 효력도 줄어들죠. 당신이 보여줄 수 있는 모든 황홀한 축복의 순간은 거기까지이죠, 더 이상, 나의 욕구와 함께 커지고 나의 즉흥적 기분에 따라 변하고 내 존재와 혼융하고 내 마음에 복종하고 나의 정신을 이끌어줄 수는 없죠. 그 축복의 순간을 느낄 수 있지만 옮길 수는 없어요. 그건 경계석과 같아요. 내가 간신히 거기에 도달했는데 그새 지나쳐 가게 되는 경계석이요. 그럼에도 불구하고 이 세상에는 신의 가호로 그 은총의 약속이 지켜져, 축복이 내려 우리의 꿈과 조우하고 앙양되어 그 꿈을 이끌고 자신의 형태를 빌려주어 기쁨을 주고 변모시켜, 포착 불가능한 것이 아니라 소유로 인해 점점 확대되며 변화하는 왕국, 욕망의 시선이 우리에게 곧 아름다움의 미소를 주고 우리의 마음속에서 다정함으로 바뀌고 우리를 무한하게 하여 이동 없이 빠른 속도로 인한 현기증을 느끼고, 피로감 없이 노력으로 인한 소진을 경험하며, 위험 없이, 미끄러지고, 뛰어오르고 나는 듯한 도취감을 느끼게 해주는 곳, 매순간 힘이 의지와, 관능의 욕구에 비례하며, 모든 것이 우리의 일탈적 욕망을 위해 질림 없이 계속 채워지며 어떤 매혹이 느껴지자마자, 또 다른 천 개의 매혹이 결합하여 힘을 모으고 우리의 영혼 안에서 더 좁게, 더 넓게 더 부드러운 조직을 만들어내는 곳, 그곳은 바로 음악의 왕국이다.

그를 사랑한다는 의식

"절대로 절대로" 그녀가 내게 했던 이 말을 여러 차례 반복해보았다, 그 말이 있기 전의 고통스러운 기다림, 그 말 이후에 오는 절망이 처음으로 내 마음속에 동일한 집착으로 "언제나 언제나"라는 말을 새기게 했다. 이제 한 단어가 다른 단어에 치명적인 흔적을 남기며 이 두 개의 후렴은 절망적으로 교차되었고 그 소리는 가까이에서 깊은 상처의 안쪽을 끊임없이 때려 대는 타구처럼 강렬했다. 하인이 들어와 마차가 준비되었다고 알렸을 때는 저녁 식사를 하러 가야 할 시간이었고 그는 내 셔츠의 가슴 부분이 눈물에 젖은 것을 보곤 흠칫하는 표정으로 물러섰다.

하인을 내보내고 다시 옷을 입고 나가려는 순간이었다. 곧 방 안에 내가 혼자가 아니라는 사실을 알게 되었다. 논병아리 흰털을 두르고, 푸른 가는 눈과 머리에는 흰 새털 장식을 한, 다람쥐냥(실제 존재하지는 않지만, 꼬리털이 다람쥐처럼 풍성한 고양이들에게 붙이는 별칭—옮긴이) 같은 동물이 내 침대 커튼에 반쯤 가려져 나를 기다리고 있는 듯했다. 오 하느님, 저를 이 사막 같은 곳에서 죽게 내버려두실 것인지요, 그녀의 부재가 이 절망적인 고독 속에 절대적인 빈자리를 만듭니다. 하느님이 태초에 이 땅의 인간을 용서한 것처럼 나를 용서해주실 수 있을까요? 그녀가 나를 사랑하게 되거나 내가 더 이상 그녀를 사랑하지 않아야 하는데. 그러나 하나는 불가능하고, 다른 하나는 내가 원치 않아. 태초에 그랬던 것처럼 내 눈물을 투명함으로 빛나게 해줘. 괘종시계가 저녁 8시를 알렸다. 늦을까 두려워하며 나는 급히 나왔다. 그리고 마차에 올라탔다. 경쾌하게 조용히 뛰어오른 흰 동물이, 나를 결코 떠나지 않을 존재의 확고한 충성심을 가지고 내 다리 사이에 바싹 몸을 붙였다. 오랫동안 그의 눈을 바라보았다, 매혹적인, 짙푸르며 한없이 맑은 하늘색에 황금색 십자가가 별처럼 떠 있는 눈동자였다. 그 눈을 보고 나니 달콤하면서도 쌉쌀한, 저항할 수 없이 한없이 울고 싶은 욕망이 생겼다. 아름다운 흰 다람쥐냥을 그냥 두고 나는 친구네로 들어갔고, 테이블에 앉자마자 그녀를 모르는 사람들 가운데에서 그녀가 너무나 멀리 느껴졌고, 끔찍한 고통이 나를 짓눌렀다. 그러나 곧 나는 내 무릎에 힘차면서도 부드러운 어루만짐을 느꼈다. 하얀 털이 덮인 꼬리가 빠르게 움직이더니 내 발 옆에 자리를 잡았고, 마치 낮은 의자처럼 그 부드러운 등을 내밀었고, 어느 순간 내 구두 한 짝이 벗겨져, 내 발은 동물의 털 위에 놓여 있었다. 눈을 내리깔면 빛나는 조용한 그 시선과 종종 마주쳤다. 나는 더 이상 슬프지 않았고, 나는 더 이상 혼자가 아니었으며, 비밀스러움만큼 내 행복은 더욱 깊었다. "어떻게 반려동물도 없나요." 한 부인이 저녁 식사 후에 내게 물었다. "그렇게 혼자라고 느끼신다면, 친구가 되어줄 동물도 없나요?" 나는 흰 다람쥐냥이 숨어 있는 소파 쪽으로 비밀스러운 시선을 보내며 더듬거렸다. "그러네요, 정말 그러네요." 입을 다물자 눈물이 맺히는 것 같았다. 밤에 꿈꾸듯 다람쥐냥의 등 털 속에 손을 넣어 움직이다 보면 내가 포레의 가곡을 연주라도 한 듯 우아하면서 슬픈 멜로디가 내 고독을 메웠다.

다음 날 여러 가지 시시콜콜한 일들을 처리하고 거리를 무심코 걷고 있을 때 내 벗과 적대자 들을 좀처럼 드문, 침울한 쾌감을 가지고 바라보게 되었다. 제왕 새의 우아함과 예언자의 슬픔으로 다람쥐냥이 항상 동반해준 뒤로 내 주변에 있는 모든 것들을 채색하던 무관심과 권태가 사라졌다. 소중하고 사랑스러운 조용한 동물아, 네가 그때 내 삶을 동반해주고 신비롭게, 우수에 차게 윤색해주었구나.

요정들의 선물

 요정들은 우리의 요람으로 삶을 행복하게 해줄 선물을 가져온다. 우리는 받은 일부 선물들은 제법 빨리 사용할 줄 아는데, 우리 스스로에 대해서는 누구도 가르쳐주지 않아도 된다고 여기는 듯하다. 그리고 다른 나머지 선물들에 대해서는 사용법을 잘 모른다. 종종 아주 매혹적인 선물이 우리 내부에 있는데 우리는 그것을 잘 모른다. 그것이 영혼 어디에 숨겨져 있는지 어떤 선한 요정이 나타나 보여주고 그것의 덕행을 알려줘야 한다. 이런 갑작스러운 자각 뒤에는 또다시 선한 요정이 나타나서 그 선물을 우리의 손안에 놔줄 때까지 다시 망각으로 떨어진다. 이 선한 요정들이 바로 일반적으로 천재라고 하는 사람들이다. 우리 대부분은 천재적인 사람들이 아닌데, 만약에 이렇게 이 세계의 내부와 외부를 발견하게 해주는 화가, 음악가, 시인 들이 없다면 삶은 얼마나 어둡고 침울할까. 이런 천재들은 우리 영혼이 잊어버린 것을 우리 스스로에게 되찾아주고 우리가 그것을 사용하면서 성장하게 해준다. 이런 선한 행동을 하는 사람들 중에서 우리에게 세상을 그려주고 삶을 아름답게 하는 화가에 대해 오늘은 말해보고자 한다. 내가 아는 어떤 부인은 루브르박물관을 방문하여, 라파엘로 작품 속의 완벽한 모습의 사람들, 코로의 숲의 정경을 본 후에 파리의 행인들과 거리의 추함을 보지 않기 위해, 눈을 감고 걸었다고 했다. 이 천재들조차도 부인에게 요정이 준 선물보다 더 나은 것을 줄 수는 없었고, 요정의 선물은 아마도 약간의 마음의 평화였을 것이다. 내 경우 루브르박물관을 나올 때 이런 환상적인 것들에서 벗어나지 않는다, 왜냐하면 나는 계속해서 아니, 명작의 사이를 떠나지 않고, 돌을 비추는 햇살과 그림자, 말의 옆구리에 빛나는 물기, 집들 사이의 회색 또는 푸른 하늘의 띠, 지나가는 사람들의 빛나거나 무뎌진 눈동자에 삶이 스쳐 가는 장면을 보기 시작했기 때문이다. 오늘은 루브르에서 특히 세 개의 작품 앞에 멈췄는데 그 작품들은 서로 닮지 않았고 모두 황홀하면서

서로 다른 영향을 미쳤다. 그 작품들은 샤르댕, 반 다이크, 렘브란트의 그림이다.

다른 버전

한 요정이 아이의 요람에 몸을 숙이고 슬프게 말한다.

아가야,

내 언니 요정들이 너에게 아름다움, 용기, 온화함을 주었단다. 나도 네게 선물을 줘야 하는데 네가 고통스러워하겠지만 어쩔 수 없단다. 나는 이해받지 못한 배려의 요정이란다. 많은 사람들이 너를 고통스럽게 하고 상처를 입히는데 네가 싫어하는 사람도 그렇고 네가 좋아하는 사람들은 더욱 그럴 텐데. 가벼운 질책, 약간의 무관심이나 아이러니도 자주 너를 고통스럽게 할 것이고, 그것들이 너무 비인간적이고 잔인한 무기라서 아무리 나쁜 사람이라도 너는 감히 쓸 수 없다고 생각할 거야. 왜냐하면 너도 모르게 그들에게 고통받는 너의 영혼과 너의 능력을 내어줄 것이기 때문이지. 그런 면에서 너는 무력할 것이다. 남자들의 거친 행동을 피해, 너는 여성들의 사회를 찾게 되는데 여성들은 그들의 머리채에, 웃음에, 그들의 몸의 형체와 향수에 다정함을 숨기고 있어. 그러나 가장 순진하게 친근한 여성이라도 알지 못하는 사이에 네 맘을 아프게 하고 어루만짐 속에서 상처를 주고 그녀들도 깨닫지 못한 고통의 영역을 건드리며 널 할퀴게 될 거야.

 아주 세심하고 깊은 너의 다정함은 잘 이해받지 못하고 그들은 웃음을 터트리거나 의혹을 가지겠지. 다른 사람들은 이런 종류의 고통이나 애정의 표본을 본 적이 없어서 이해하지 못한 채로 그들은 네게 영향을 끼치고 너는 계속 인정받지 못할 거야. 그 누구도 너를 위로하거나 사랑하는 법을 모르겠지. 게다가 사용하기 전에 이미 약해진 네 몸은 마음의 충동의 여파나 움직임을 견디지 못할 것이다. 너는 자주 열이 날 거야. 잠을 자지 못하고 네 몸은 계속 떨릴 것이다. 너의 쾌락은 처음부터 이렇게 온전하지 못할 것이다. 그것을 경험하는 것 자체가 너에게는 고통일 거야. 소년들이 웃고 놀게 되는 나이에 너는 비가 오는 날을 바라게 되겠지, 왜냐하면 아무도 너를 샹젤리제에 데려가지 않을 것이고, 네가 사랑하게 될, 너를 때리기도 할 어떤 소녀와 장난을 하고 놀지 못할 테니까, 해가 나는 날이라 둘이 만나게 되면 너는 네가 방에서 혼자 소녀를 만나게 될 순간을 생각하며 기다렸던 그때보다 소녀가 햇빛 아래서 덜 아름답다고 느끼고 슬플 것이다. 소년들이 열정적으로 여성의 뒤를 쫓아다니는 나이가 되면 너는 끊임없이 많은 생각을 했고, 그리하여 연로

한 사람들보다도 이미 더 많은 경험을 했을 것이다. 부모님께 답을 하면서 너는 그들이 이렇게 말하는 것을 듣겠지. "네가 더 살아보고 우리같이 경험을 한다면, 너는 더 이상 그렇게 생각을 하지 않을 것이다", 그 말에 너는 공손함에서 나오는 웃음을 겸허하게 보일 것이다. 내가 네게 가져온 슬픈 선물이 바로 이것이다, 네게 이것을 가져오지 않을 수가 없는 입장이라, 그리고 안타깝게도 너도 이 선물을 멀리 버려서 깨트리지를 못하니, 네가 죽는 날까지 너의 침울한 상징이 될 것이다.

그때, 약하면서도, 강하고, 자신이 나온 꽃잎처럼, 바람처럼 가벼운 목소리가 지상과 대기를 확신에 찬 어투로 주도하며 들려왔다.

내가 바로 너의 이해받지 못하는 고통, 무시당한 다정함, 육체의 고통에서 나올 아직 존재하지 않는 그 목소리이다. 너의 운명에서 너를 해방시키지는 못하니 나의 성스러운 향기로 투과하여 네게 들어가련다. 내 말을 잘 듣고 위로가 되길 바란다, 얘야, 멸시된 너의 사랑으로 인한 슬픔, 그 열린 상처의 고통에서 네게 아름다움을 깨닫게 해줄 거니까, 너무 달콤해서 눈물에 젖은 네 눈을 떼지 못하고 매혹되게 될 거야. 사람들의 가혹함, 어리석음,

무관심은 너에게 그저 유희거리가 될 거야, 왜냐하면 그 아름다움이 심오하고 다채로우니까. 마치 인간의 숲에 내가 너를 안내해, 가렸던 눈가리개를 벗겨주고 네가 즐거운 호기심으로 각각의 나무의 둥지와 가지 앞에 멈춰 서는 것과 같은 거야. 네 병은 아마 네게서 여러 가지 즐거움을 빼앗을 것이다. 너는 사냥을 할 수도 없고, 극장에 가거나 시내에서 식사를 할 수도 없을 것이다, 하지만 네가 삶을 마감하는 순간에는 본질적인 것이라고 생각하게 될 그것, 사람들이 일반적으로 소홀히 하는 여러 가지 일에 열중할 수 있을 거야. 그리고 내가 질병의 풍요로움에 대해 말하는 것은, 질병이 건강은 모르는 미덕을 가지고 있기 때문이지. 내가 아끼는 병든 이들은 건강한 사람들이 놓치는 여러 가지 것을 본단다. 많은 건강한 사람들이 전혀 깨닫지 못하는 아름다움이 건강에 있다면 질병에는 네가 깊이 감사하게 될 은총이 있다. 그리고 체념은 네게, 4월의 비 온 뒤에 바이올렛 꽃으로 순식간에 덮이는 들판처럼 눈물로 흠뻑 적셔진 마음을 피어나게 할 것이다. 너의 애정에 관해서 그 누구와도 나눌 수 있을 것이라 생각하지 않기를 바라. 그 마음은 그만큼 귀한 것이기 때문이지. 그러니 그것을 잘 추앙하도록 해라. 돌려받지 못한다는 걸 알면서 주는 것은 씁쓸하면서도 달콤하지. 사람들은 네게 다정하지 않아도, 너는 많은 사람들에게 다정할 수 있는 기회를 가지고 넉넉한 마음으로 고통받는 사람들의 지친 발걸음에, 그 누구에게도 불가능한 자비심을 가진 자의 긍지로, 사람들은 모르는 감미로운 향기를 뿌리게 될 것이다.

"그는 이렇게 사랑을 했었다…"

 이 땅의 모든 곳에서, 그는 이렇게 사랑을 하고 고통을 받았다, 신이 너무 자주 그의 마음을 바꾸게 하여, 그는 누구로 인해 고통을 받았는지, 어디에서 누군가를 사랑했는지 기억하기조차 어려웠다. 기다림으로 그가 매혹되었던 그 수년간에 죽음의 순간마저도 붙들고 있으려 했던 그 시간에 대해 해가 지나고 나면, 그토록 지키려 했던 모래성의 흔적을 물결이 들어오고 나면 아이들이 다시 찾지 못하는 것처럼, 그는 더 이상 기억에서 떠올리지를 못했다. 시간은 바다처럼 모든 것을 휩쓸어가고 지웠다, 우리의 열정을, 그 요동치는 물결이 아닌 평온함 속에서, 아이들의 놀이처럼 무심하고 피할 수 없는 물결의 상승에 의해서 말이다. 그가 질투로 심한 고통을 받을 때면, 신은 그가 그녀를 위해서라면 평생 고통도 감내할, 그러나 그녀로 말미암아 행복해질 수는 없는 그녀에게서 멀리 떨어트려 놓았다. 그럼에도 신은 그의 고통이 자신이 그에게 준, 노래의 재능을 소멸시키는 것을 원치 않았고 그건 그도 마찬가지였다. 그래서 그가 지나가는 곳에 성적 매력이 넘치는 존재들을 배치했고 그에게 그건 불충실함을 가리켰다. 왜냐하면 신은 제비, 앨버트로스나 다른 작은 노래하는 존재들이 그들이 살고 있는 지상에서 고통과 추위로 죽어가는 것을 허락하지 않았기 때문이다. 그러나 추위가 닥치면 그들의 마음속에 이동하고 싶은 욕망을 넣어주어, 그들의 규칙을 위반하지 않게, 즉 한곳에 충실하게 머물지 않아도 노래하게 했다.

옮긴이의 말

마르셀 프루스트의 조카 수지 망트 프루스트는 1949년 어느 날 프루스트에 대해 박사논문을 쓰겠다고 하는 베르나르 드 팔루아라는 젊은이의 방문을 받는다. 그는 수지 망트 프루스트가 소장하고 있던 원고 더미에서 프루스트의 미완성 작품 「장 상퇴유」와 「생트뵈브에 반박하며」를 발견하고, 이 두 작품은 1952년, 1954년에 각각 출판이 된다.

프랑스의 프루스트 애호가들은 오래전부터 베르나르 드 팔루아가 수지 망트 프루스트에게 건네받아 보유하고 있는 프루스트의 원고 중에 국립도서관에 전해진 것 외에도 원고가 더 있을 것이라 짐작하고 있었다. 드 팔루아가 2018년 사망하고 그의 소장 서적과 자료를 정리하면서 『쾌락과 나날』이 1896년 처음 출판될 때 프루스트가 제외시킨 「익명의 발신인」을 비롯한 몇 단편소설과 습작 원고들이 발견되어 프랑스 국립도서관으로 이관되었다.

『쾌락과 나날』과 『익명의 발신인』 그리고 근래 발견된 습작 원고들은 『잃어버린 시간을 찾아서』를 구성하는 주제와 시선, 분위기가 그대로 있다. 젊은 프루스트는 그가 관찰하는 당시 사교계와 인간관계, 사랑, 육체적 쾌락, 죽음에 대해 때로는 현학적, 고답적으로 형식미를 최대한 발현하며 이 작품들을 쓴 듯하다.

이번 작품집에는 『쾌락과 나날』 첫 출판에서 프루스트가 제외했었고, 드 팔루아 사망 후 발견된 단편들과 프루스트의 '성배'라고 알려진 습작 원고들에서 『잃어버린 시간을 찾아서』의 가장 중요한 주제인 '어머니'와 '마들렌'에 관한 글을 첨가하여 보았다. 1905년 어머니가 사망한 후 프루스트는 크게 상심하여 거의 글을 쓰지 못한다. 아마도 1907년 말부터 틈틈이 쓴 글들이 지금 남아 있는 습작 원고들일 것이라 추측한다. 할머니와 어머니가 돌아가신 후 애도의 시간을 보내며, 글을 통해 공유한 시간을 되찾고자 하는 분절된 글들이 생산되기 시작한다. 그가 첫 작품집이자 단편집에서 제외했던 작품에는 그의 동성애적 성향이 드러나는 글들과 더불어 미완이며, 작성 중에 있는, 일종의 내면 고백과 같은 글들이 펼쳐진다. 프루스트가 죽고 나서 완성되는 『잃어버린 시간을 찾아서』

가 구상되는 단계를 만나는 것은 큰 즐거움이다. 아울러 훗날, 그 긴 호흡의 그러나 자연스럽게 흘러내리게 될 장문들의 파편을 다루는 것이라 조심스럽다. 드가Degas가 나비 같은 그 많은 발레리나를 그리기 전에 남긴, 미완의 많은 드로잉들이 떠오른다. 그 어떤 대가도 견습 시절이 있고, 완벽한 완성에 도달하기 위해 습작을 남기고 애가 탔던 것이다. 형식은 더 다듬어지겠지만, 무희의 움직임과 세탁소 여인의 나른한 하품의 정수, 그 정서와 감동은 이미 다 들어 있는 것이다.

   프루스트 사후 100주년을 맞아 그의 초기 습작들의 번역을 의뢰해주시고 꼼꼼히 읽어주신 미행의 두 편집자분께 감사드린다. 『쾌락과 나날』 옮긴이의 말에 기쁨 뒤에, 고통 뒤에 삶은 계속된다는 말을 적은 적이 있는데 또 이렇게 코로나로 쉽지 않은 삼 년이 지나갔다. 그동안 동반해준 길에서 들어온, 착한 냥이 샴페인은 매시간 큰 위안이 되어주었다.

2022년 5월
최미경

편집 후기

 책장에 꽂혀 있는 책은 거의 문학책이다. 작가의 면면을 훑어보면 노벨문학상을 거머쥐는 영광을 차지한 작가도 있고, 살아 있을 땐 철저히 외면받다가 사후에 국민작가로 칭송받는 작가도 있다. 각자 나름의 시적, 문학적 세계를 구축한 그들의 공통점은 하나같이 죽은 사람들이라는 것이다. 그리고 곧 죽을 사람들도 몇몇 책장에 섞여 있다.

 한 시인의 죽음에서 "현존하는 부재"를 말했던 어느 평론가의 말을 빌리지 않더라도 우린 책을 읽을 때마다 작가의 현존과 부재를 모두 경험하게 된다. 오래전 땅으로 들어갔던 육체가 책을 펼치면 환상처럼 나타난다. 시간이 지나 그들을 영영 잊어버릴 수도 있을까. 작가의 이름이 사라지고, 그들이 남긴 작품이 사람들의 기억 속에서 증발되고… 그럼 완벽한 죽음이 찾아오겠지. 그땐 부재라고 명명하는 일도 없을 것이다. 그는 처음부터 없었으니까.

    마르셀 프루스트가 죽은 지 백 년이 되었다. 우리는 여전히 그를 읽고, 그를 추억한다. 치닫는 감정에 휘둘리는 예민한 신경의 소유자, 프루스트의 또 다른 이름들이 『익명의 발신인』에서도 등장한다. 작가의 첫 작품집 『쾌락과 나날』이 자연스레 연상되는데, 이 책에서 특히 두드러지는 건 죽음을 향한 프루스트의 기묘한 친근함이다. 프루스트만큼 죽음에 매혹된 사람이 있을까. 죽은 사람의 유품에 영혼이 잠들어 있다고 믿는 그는 그 속에서 기억을 소환해낸다. 기억 속에 사람들이 있고 '자신'이 있고 그때의 '프루스트'가 있다. 병약한, 문학을 사랑한 사람.

    나의 요즘은 매일 반강제적으로 하는 산책과 나날이다. 언제까지 이 산책이 계속될지는 알 수 없다. 동네 근린공원을 산책하며 내 생에 처음으로 계절이 바뀌는 걸 목격했다. 목련에 새순이 올라오고, 홍매화, 청매화가 짧게 향을 뿜어내다 꽃잎을 떨궜다. 벚꽃도 길어야 일주일, 꽃은 다 졌다. 모든 게 거짓말이 되었다. 내년 이맘때가 되면 다시 새순이 올라오겠지. 분명 그럴 것이다. 그리고 우린 또 살아간다. 아, 그 평론가도 일찍 세상을 떠났다. 그랬었다.

미행에서 만든 책들

1	소설	마르셀 프루스트	최미경	**쾌락과 나날**
2	시	조르주 바타유	권지현	**아르캉젤리크**
3	소설	유리 올레샤	김성일	**리옴빠**
4	시	월리스 스티븐스	정하연	**하모니엄**
5	소설	나카지마 아쓰시	박은정	**빛과 바람과 꿈**
6	시	요제프 어틸러	진경애	**너무 아프다**
7	시	플로르벨라 이스팡카	김지은	**누구의 것도 아닌 나**
8	소설	카트린 퀴세	권지현	**데이비드 호크니의 인생**
9	르포	스티그 다게르만	이유진	**독일의 가을**
10	동화	거트루드 스타인	신혜빈	**세상은 둥글다**
11	산문	미시마 유키오	강방화 · 손정임	**문장독본**
12	소설	마르셀 프루스트	최미경	**익명의 발신인**

한국 문학

| 1 | 시 | 김성호 | **로로** |

마르셀 프루스트(Marcel Proust, 1871-1922)는 파리 근교에서 출생, 학업보다는 글쓰기에 관심을 보이며 아나톨 프랑스 등 문인, 화가, 음악가 들과 교류했다. 1896년 첫 작품집 『쾌락과 나날』을 출간했고, 이후 존 러스킨의 작품을 번역한 『아미앵의 성서』(1904), 『참깨와 백합』(1906)을 출간했다. 1909년, 그는 세계문학사에 길이 남을 『잃어버린 시간을 찾아서』 집필에 들어간다. 이 작품은 시간에 대한 성찰과 인생, 인간에 대한 깊이 있는 탐구를 통해 화자가 작가의 길을 가기로 결심하고 문학이 결국은 삶을 가능하게 한다는 결론에 이르고 있다. 1편 「스완네 집 쪽으로」는 출판사를 구하지 못해 자비로 출판하게 되는데, 『쾌락과 나날』이 난해하고 문체와 수사가 복잡하다는 인상을 준 요인이 컸다. 그러나 프루스트는 2편 「꽃피는 아가씨들 그늘에」로 공쿠르상을 수상한다. 그리고 1922년 그는 평생의 지병이었던 천식으로 건강이 악화되어 파리에서 사망했다. 파리의 8구에 위치한 오스만가 102번지는 프루스트가 살았던 아파트로 현재는 기념관으로 보존되어 있다.

옮긴이 최미경은 서울대학교 불문과와 동 대학원을 졸업하고 프랑스 파리4대학에서 현대문학박사, 파리3대학 통역번역대학원에서 통역번역학박사 학위를 받았다. 국제회의 통역사로 정상회담, 학술회의 등 다양한 통역을 수행하고 있으며, 황석영, 이승우 작가의 작품을 프랑스에 번역 소개하여 대산문학번역상, 한국문학번역원 번역대상을 수상했다. 현재 이화여자대학교 통역번역대학원 한불전공 교수로 있다. 지은 책으로 『추백이와 따굴이가 함께 사는 세상』이 있고, 사회정의, 동물과 환경보호에 많은 관심을 가지고 있다.

익명의 발신인 프루스트 100주년 특별판

마르셀 프루스트

최미경 옮김

초판 1쇄 발행 2022년 5월 31일

펴낸곳	미행
출판등록	제2020-000047호
전화	070-4045-7249
메일	mihaenghouse@gmail.com
인쇄 제책	(주)영신사

ISBN 979-11-92004-05-1 03860

me Françoise de Lucques et ma
l'ait partie. Elle avait des yeux
phrase maladroite bien insignifiante
                    qui peut être
                    qui pouvait
alade dire son état. Assise près d
chauffait les pieds et les mains,
~~et auraient~~
~~sait vivement si l'on ne pourrait~~
~~la Langueur de Françoise elle s~~
ait sans cesse la question qui la tortur
sur Françoise de cette maladie de
~~elle se disait~~ répondait on ou no
~~te la plus inviolable du plus ample uni~~
~~elle et morale. et aussi les plus dures~~
    On n'avait pas encore apporté les la
~~Je voudrais qu'on soy~~ Elle était d
                  comme   com
mais maintenant de nouveau el
ains et le feu éclairait blan
ine. ~~les mains douces délica~~
~~portées par un et~~ elles comme
~~otherment portées~~ par la tige du

son amie Françoise de Luc que
'elle était partie elle avait
e cette phrase maladroite bien ur
ir la malade sur son état. Assi
elle se chauffait soupçontous les pieds et les m
demandait ~~posait auxieuses~~ si l'on ne
~~rerir cette~~ langueur de Françoise
Se posait sans cesse la question qui
il ou guérir Françoise de cette ma
t selon qu'elle se ~~dirait~~ répondrait on
~~entrait toute sa plus inviolable sa plus~~
~~tellectuelle et morale~~ et ~~aussi~~
~~ubles ses~~. ~~Se~~ on n'avait pas encore a
curité. Mais maintenant comme de nous
it ses mains et le feu éclairai
leur âme. Les mains ~~donces~~
~~blement portées par un et belles~~
leurs, noblement portées par la